KB272457

청어詩人選 529

초록 불꽃

박영신 시집

청어

초록 불꽃

박영신 시집

초록 불꽃

박영신 시집

차례

제1부

빛   10
호야꽃 속에   11
날콩 같은 사람   12
눈보라   13
종소리를 따라가다   14
감   15
적막한 여행   16
도토리   17
빛과 같은 외로움   18
양복을 수선하며   19
알몸 위에 눈발   20
어머니   22
빗줄기   23
슬픔과 나란히   24
핏빛 샘   25

제2부

생각의 나무 28

옹이 29

휴일 30

먼 불빛 31

빨래송頌 32

자전거를 고치는 사람 33

빗소리 34

별 36

무제無題 37

햇빛 징 소리 38

이별 39

그 나무 옆에 앉았다 40

겨울밤 41

겨울 양지꽃 42

꽃의 기억 43

제3부

노작시인勞作詩人　46

가뭄 끝에 내리는 비　47

석양　48

말　49

새　50

가시나무　51

웃음 지느러미　52

고요한 방　53

생가生家　54

토란잎 피는 날　56

중절모를 쓴 눈사람　58

마음 한 접시　60

화사한 구석　61

웃는 그림자들　62

꽃눈　63

제4부

몽당빗자루　66

모기와 씨앗　68

서리　69

바위에 스며들다　70

주머니 속에 사람들　71

유리무덤 산책　72

빗속의 콘도　74

부재不在　75

여름의 마지막 날　76

적석사　78

모기눈썹　79

나무토막의자　80

수평선　81

선물　82

예스세탁소 불빛　83

비는 욕망을 잘게 부수고　84

제5부

바닥 식탁   86

페트병   87

해질녘 노란 안개   88

말굴리기방   90

초록 불꽃   92

두더지   94

뼈   96

북   98

시계의 눈동자   99

유리빌딩에 불붙는 노을   100

나무에 올라가 잠들다   102

입술   104

두 살   106

눈꺼풀 속의 고향   108

비상飛上   110

흰두루미와 나   112

시인의 말   114

제1부

빛

창가에 놓인
고구마
물그릇에 담겨 흙이 없네

발 없어도
신발을 신발장에 넣어두는 마법
어찌 알았을까

고구마, 저 허공에 대하여 열린 마음
누가 알까

실뿌리 내린 새끼들 곁에서
흐물흐물 빈 껍질이 되어가는 어미가 되었네

허공을 줄타기하며
보이지 않는 곳에 붉은 꽃 피우려

넝쿨, 넝쿨 생명의 계단을 오르네

호야꽃 속에

호야꽃 속에 들어있는
아기별들
가만히 헤아리는 새벽

이슬 밟고 아장아장 걸어오는
아기별들 발소리에
귀를 쫑긋 세우면

세상은 꽃과 별이 만나는 길목

어둠은 꽃과 별이 포옹하는 설핏 그림자

내 몸의 꽃별들도
하나씩 피어나는 조우

먼 눈길로
아름다운 무지無知로 만나는 너와 나

허공을 열어가며 쌓이는 시간
불멸의 입맞춤 지금 여기에

날콩 같은 사람

때론 사람이 보고 싶다
세련된 두부 같은 사람 말고
날콩 같은 사람
옷이라고는 겹겹이 벗어
남아 있는 홑겹 옷도 벗어
맨살 맨몸뚱이로
흉터와
털과
혹과 점과 지문까지
낱낱이 보이는 사람, 사람이 보고 싶다
결코 눈물이 없을 때라도
젖거나 마르면서 살다가
마음이 새거나 심장이 몸 밖에서 뛸 적에도
찾아오고 찾아가고
푹신한 이불 같이 덮으며
이마가 빛나는 타인의 눈동자로
몇 날 며칠
하루 밥 세 끼 먹을 때 같이 고개를 숙이는
날콩 비린내 물씬 풍기는, 그런

눈보라

창밖에서 외치며 달려오는 저 눈발의 수억만 리 길

그 길에서 방랑하는 너의 설핏 웃음 피어나고

다가가 손 뻗으면 까마득히 멀어진다

차가운 입김을 던지는 너는

수많은 어긋남 끝에 무성無聲의 입술로 만나는 사람

하얗게 풀, 풀 날리는 손으로 유리벽을 치다가

추억의 뼛가루로 흩어진다

종소리를 따라가다

산길을 걷다가
먼 산사에서 들려오는
종소리를 따라간 적 있다, 가다 보니
그곳은 햇살 속
구름 위
며칠 피어있는 꽃잎 속
숲에 깃든 새소리
계곡을 흐르는 물소리…

온전히 담담하게
사라져 빛날 수 있는 그곳으로
종소리는 떠나고

가늘고 길게 이어지는 침묵

누군가 그 끝에서
거친 허공을 다지며
종소리로 다시 올 것만 같다

감

발갛게 익어가는 감

햇빛에 살쪄가는 고독의 빛깔일까

늙은 것이 서러워 습관처럼 우는 여자가

감나무 아래서 올려다본다

황홀한 높이에서 추락하는 단풍잎들

산다는 것의 깊이를 더해주는 가을빛

감도 여자도

얼음조각처럼 빛나는 하루를 산다

적막한 여행

여럿이 만나 멀리 여행을 떠났다
각자 보고 싶은 걸 보는 습관으로
취향에 따른 선택이므로
함께하되 멀리 있었다
일정은 쉽사리 끝나고
별들이 웅성거리는 골목에서 헤어질 때
차 한 잔씩을 마시고
서로 만날 수 없는 각도에서 앞으로 나갔고
각자 사라졌다
잠깐 스쳤던 체취도 금방 잊어버렸다
우리는 눈동자를 들키지 않는 사람들
서로 말을 주고받았지만 자신에 대해서는
약속이나 한 듯 말하지 않는 습관으로
민달팽이처럼 끈끈한 외로움은
발가락 사이에 숨긴 채
바삐 갈 길을 갔다

기념품점 종업원을 만났던 것으로
추억은 갈무리되었다

도토리

탱글탱글한 도토리를 주워
아무렇게나 방에 던져놓았는데
몇 주 지나
도토리에서 희고 통통한 벌레가 기어 나온다

서랍 속보다 캄캄한 밤
살 속에 박힌 어둠을 탯줄인양 부여잡고 있다가
날카로워진 빛의 가장자리를 딛고 튀어나온 저 진주
아직은 날개를 꿈꾸는 어린 애벌레

내 오랜 열망의 진주는 상자 속에서 긴 잠을 자고
지금 애벌레는 깨어나 두리번거린다
문을 열어 수풀 마당으로 등 밀어 보내준다
가는 길에서 성장의 마디가 굵어
마침내 날개를 펼지도 모른다

애벌레는 참나무의 젖을 먹고 자란 숲의 기적

산길을 걷다가 주워 온 도토리는
참나무가 땅으로 던져놓은 꿈을 비상飛上하는 날개였다

빛과 같은 외로움

눈으로만 말할 뿐인

눈으로만 다 알 수 있는

그러나 나를 다 볼 수 없는 눈으로

내 빈 곳 볼 수 없는 눈으로

심장에 어두운 실핏줄

내 헛간에 가득한 것 보이네

그것은 빛과 같은 외로움

생애를 다 차올라

환한 꽃잎들

양복을 수선하며

줄무늬 반듯하게 내려간 한 벌 옷
검은 고래 등줄기를 닮은 옷
철없는, 물렁한 가슴 따윈 달려있지 않은 옷
허수아비도 입는 옷
허리가 제멋대로 늘었다 줄었다 하는 옷
낡으면 가장 먼저 입술이 터지는 옷
아스팔트 위에서 늦은 밤을 지고 가는 옷
이를 악물고 다림질을 견디는 옷
주머니 안쪽 깊숙이 마음을 살펴야 하는 옷
아무도 모르는 곳에 개구멍이 있는 옷
창과 방패가 달린 옷
단추를 매단 실오라기가 전부인 옷
그로 인해 단번에 무너질 수 있는 옷
한 시절 피어나는 꽃빛을 지닌 옷
살아있는 피가 묻어있는 옷

알몸 위에 눈발

잠깐씩 눈발이 날리는 거리에서
보았다, 노점 상인이 눈을 맞고 서성이는 것을
결혼식장 건물 옆 땅바닥에
펼쳐져 있는 좁은 비닐바닥 위에
남녀의 팬티와 브래지어들이 누워있고
눈발이 한 점씩 그 위로 떨어졌다
속옷들을 거두어 장사를 접을까
망설이는 그가 애써 누드 같은
속옷들을 매만졌다
그의 손에서 부드러운 살가죽 같은 팬티들이
속절없이 아름다운 꽃무늬들이
눈을 맞고 있었다

누워있는 맨살로
한 점씩 떨어지는 눈발,

누군가 지구의 저편에서 홀로
알몸으로 눈발을 맞고 있을지도 모른다

하긴 이, 생에서 알몸 아닌 자가 누가 있으랴

지나가며 자꾸 뒤를 돌아보아도
쓰라린 알몸들이
점점이 떨어지는 눈을 맞고 있었다

어머니

22

너도 나이 먹어봐라야, 뭐든 불쌍해 눈물 난다야, 절에 갔더니 절꾼들도 불쌍해, 돌아보니 불상佛像도 불쌍해 눈물 난다야 아이구야, 저기 저 사람들, 지하철 출구 계단에서 올라오는 사람 개미 떼들 좀 봐라 다들 뭐 해 먹고 사는지 절로 눈물 난다야

빗줄기

삶이라는 애인 곁에 계셨던 아버지,
지금은 비가 내려요
등을 보인 애인은 껴안을수록 서운하지요
지루한 끝에 갑자기 화를 불끈 내시거나
길옆에 쪼그리고 앉아서 하루를 졸음으로 때우시거나
밭은걸음으로 공원의 귀퉁이에서
크레바스같이 어두운 골목에서
투명한 회색 그림자를 짊어지고
빗줄기 같은 세월을 건너신 아버지,
수시로 비에 젖는 보도블록
비에 젖는 수밖에 없었던 아버지,
쓸쓸함과 싸우지 않으려고 애인과 잘 지내려고
눈물을 감추셨던 아버지,
새벽까지 무릎뼈를 끌어안고
애인을 놓아주기로 했던 아버지를 생각합니다
바람 속 훤칠한 수수밭 지나
낮은 구름 먼저 산길 굽어 돌아가는
둥구미골 여우고개 노랗게 바랜 빗길
아버지 꼴짐 지고 가셨던 등 뒤로
빗줄기 세차게 쏟아집니다

슬픔과 나란히

까마득한 심연에서
슬픔이 몰큰몰큰 피어오를 때
내가 나를 가만히 보고만 있어야지
슬픔이여 너도 가만히 거기에 있어라
그저 가까운 거리에서 나란히

내 몸의 소금기만큼
일상은 슬픔에 간이 되어
싱겁지 않아도 좋겠네

딱하게도 나는 슬픔의 초보자
얼마큼이 적당한지 알 수 없으니

슬픔은 애견처럼 저 혼자 놀게 놔두고
살갑게 꼬릴 흔들어도
바싹 다가와 몸을 비벼도
돌아앉아 모르는 척할 수밖에

슬픔이 저 혼자 놀다가
슬쩍 떠나버릴지라도

핏빛 샘

검붉은 목련꽃은 지금
치켜든 바나나, 벗겨진 바나나 같아

햇빛이 꽃껍질 하나씩 벗겨, 그 아래 무덤 위로 떨구며
적막을 다 쓸어 넣은 식사를 한다

배불리 먹고도 햇빛은 늙지 않아

사람의 생애를 다 먹고도 늙지 않아

따뜻한 입김을 내뿜으며
허공의 입을 쓱 닦아낸다

그 입술이 붉어서
봄날은 잔인하다

제2부

생각의 나무

생각에 잠겨서
가로수 그늘을 지나갔습니다
내가 머리로 생각하고 있을 때 나무는
이파리로 생각하고 있었습니다
내 생각의 가득함으로
햇빛이 스며들지 못하고 있을 때
나무는 벌거벗은 채 서 있었습니다
해마다 나는 생각의 나이를 먹어가고
그 무게를 알지도 못하고 걸었습니다
문득 다시 보니 나무는
생각 없이도 푸른 나무였습니다
깔깔한 내 그림자 밟고
온몸에 주름지고 지나갈 때, 나무는
곧게 뻗은 유연한 줄기, 무성한 잎들
햇살에 윤기 반짝이는 이파리로 기쁜 몸이었습니다
나는 오늘도 내 생각 들키지 않게
가로수 옆을 지나갑니다

옹이

참나무 할아버지 그루터기엔 옹이가 커서
다람쥐가 넉히 살아도 좋겠다

해마다 그늘을 겹쳐놓은
보물창고에
생명의 깊이와 무게를 담아도 좋으리니

속에 텅 빈 곳 만들어놓고
할아버지 얼마나 든든하셨을까

빛 너울 부드럽게 흐르는 봄
넘치지 않게 부푸는 초록

참나무 할아버지, 숲길에서 구부린 허리를 펴신다
오래 간직한 옹이가 일기장처럼 펼쳐진다

휴일

　엎드려 책 보는데 창밖에서 들려오는 소리 크억, 누가 기침하는지 창문 흔들리고, 좁쌀 강아지 목 방울 소리 달강달강 길게 멀어지고, 자동차 소리 그앙그앙, 어린 새들 지율라지율라 놀이터 아이들과 섞여 지저귀네 책 던져버리고 가만히 귓속에 쌓인 소리들 눈감고 받아드니 물방울처럼 투명하게 번져오는 소리빛 온 세상 환하게 물드네

먼 불빛

한 달, 객심客心으로 살아보는

山寺는 밤 깊어 칠흑 어둠

먼 불빛이 나에게 와서 나도 거기에 닿았다

흘러가는 나날, 흘러가는 나, 흘러가는 먼 불빛

쓰다듬고 안아보고 뒤척이는 밤

어디선가 누군가가 새벽어둠 속에서

불빛을 켜는, 아득하게 낯선 이의 행로

차디찬 유리창 너머

따뜻한 촉감으로 만나는 먼 불빛…

빨래송頌

햇살에 잘 마른 빨래가 나를 입고
행주좌와行住坐臥
마을과 공원과 빌딩을 오가네

바람에 펄럭이는 빨래들의 골목
내일로 달려가는 사람들의 물결
햇살무늬 빨래가 거리를 활보하네

어디서 왔을까, 햇살의 권능
허공이 씻어주는 손길

보송보송 잘 마른 빨래는 삶의 기쁨

햇귀에 듬쑥해진 빨래가 나를 차려입고
날듯이 뛰는 일상

이토록 햇살 속으로 떠나는 즐거운 여행

이토록 햇살 속으로 사라지는 기묘한 산책

자전거를 고치는 사람

그는 며칠째 삐걱대는 자전거를 타고
이마를 찡그린다
자주 내려서 살펴보고 구석구석 만져본다
원인을 알 수 없는지 고개만 갸웃거린다
어쩐지 자전거를 던지려다가
가슴을 쓸어내리며 어루만진다
먼지도 닦아주고
내면의 부속들을 읽는지
회로의 실핏줄을 따라 살펴보는지 골똘하다
아픈 살에서 피 번지는 곳 있는지
끈적끈적해진 손으로, 맨살로 다독인다
다시 살려낸 것들의 올올 그물을 짜려한다
그러다가 벌컥, 무릎이 삐는 걸음
그는 다시 화두話頭 앞에 서서
쉽게 고장 난 제 가슴을 수리하다가 지쳐
이제는 그만, 우리 관계를
깨끗이 청산하자고 말하려다 고개를 젓는다
단 한 순간도 이별은 없다고 중얼거린다

빗소리

다
독
다
독
비
내린다
길섶 풀 다독이고
마을 길과 정자나무와
낮은 지붕들 다독이고
다독인 그 위에 다시 다독다독
삶의 모서리에서 덧난 이들
마음 편히 잠들라고
긴 밤 다독이러 오셨으니
어디서 오셨을까
빗방울 어머니
밤새
다
독
다
독
이

불
깃
위를 스친다

별

지상에서 심은 씨앗 중에
가장 멀리에 심은 것이 별이다
떡잎 자라는 가슴이 푸릇푸릇해지는 밤
오늘도 어느 별에서는 꽃이 피고 있다

무제 無題

어린 단풍나무 다섯 손가락
활짝 펴들었다
—엄마 다섯 밤만 자고 와, 엄마 다섯 밤만 자고 와!

단풍잎, 별이 되어 하늘에 찍힐 때까지
엄마는 오지 않았다

별은 땅으로 내려와
다섯 꽃잎 되어 산에 들에 피었다
—엄마 다섯 밤만 자고 와, 엄마 다섯 밤만 자고 와!

햇빛 징 소리

오후 두 시
햇빛의 음 요란해
더는 소리 낼 수 없을 만큼이네
사방은 제 소리를 내려놓고
저 찬란한 햇빛 소리 받들어주네
태양이 뽑아내 주는 파장에
누구라도 눈물이 마르고
사람의 거죽인 빨래도 마르고
꽃들의 슬픔이 녹고
새살 돋은 도시의 복판
밀치락달치락 전진하는 바퀴들 진동 소리
사월의 저 햇빛 소리 이길 수 없네
눈부시게 터지는 빛발, 꽛꽛한 햇빛 징 소리에
어찌할 수 없이 인간의 입들은 사라져
도시는 새로운 적막이 반들거리네

이별

서로를 지나가는 통로는
끈적하고 미끄럽다
너의 체취가 아직도 줄기차게 몰려온다
아름다웠던 분신이 더디게 물러서는 몸
사랑은 아직도 꿈틀거린다
자연의 일부가 그러하듯
스스로 주어지는 통각의 극점으로
돌아오는 이별
비로소 몸 한 곳이 붉게 쓸려나가고
움푹해진 추억의 뿌리 근처
몸 밖으로 비가 샌다

그 나무 옆에 앉았다

바람에 속 어지럽던 날
나는 그 나무 옆에 앉았다
거기 오래도록 서 있었던 나무는
벌레 먹은 잎사귀들이 반쯤은
단풍들고 있었다

오래지 않아 나무는 내게
알맞게 내다볼 수 있는 시야를 주었다
나무와 함께 보았던
숱한 기억의 말들이 스스스 소리를 내며
떨어졌다

눈물을 흘리지 않았던
그 나무는
그러나 매일 울고 있었다는 것을
그때, 알았다

나는 차츰 나무를 위로하기 시작했다
우리는 서로 흔들리는 잎들의 혼을
달래기 시작했다

겨울밤

눈
내려
들리지 않는 말 찾아 말놀이

너랑 나랑
눈발이 숨긴 말 찾아
말놀이

눈밭에 새겨진
꽃과 별과 새들의 말 찾아
말놀이

하늘이랑 땅이랑 말하는
말놀이

하얗게
하얗게만 쌓이는
말놀이

겨울 양지꽃

공원길 걷다가 양지꽃 있다기에
팻말 따라갔는데

한겨울 들판에 꽃은 없고
갈빛 잔디 위 소복한 햇빛

그야말로 활짝 핀 양지꽃이네

그 양지 가만히 깔고 앉아
무덤처럼 고요해지니

비로소 바닥 삶이 벅차게 부푼 풍요

겨울에 핀 양지꽃이네

꽃의 기억

어떤 사람이
멀리서 부르기에 살풋
흔들리는 얼굴 작은 꽃이여
잊었던 마을에서
개 짖는 소리 들려오고
온 저녁 종소리로 서 있는
너의 곁,
낙서가 있는 담벼락 앞에 서서
보이지 않는 길을 따라
건너온 세상을, 꽃에게
물어본다 내가 사랑한 기억
너를 기웃거려

제3부

노작시인 勞作詩人

일할 적에 아팠던 팔, 부었던 손
아침에 일어나 마침내
다시 초록 이파리로 솟을 때
이것이
그대를 향한 사랑입니다

어제도 새벽어둠
곤곤한 몸 쉬고 있을 때 이것이
시를 쓰는 일이었습니다

달리 무슨 방법이 있겠는지요

온몸에 굳은살 박인
사랑과 시

가뭄 끝에 내리는 비

여보, 부석한 밭에 비가 내려 하늘이 대지에 불을 켜
는구려

창밖은 깜깜해도 초록 싹눈들이 날개를 펴는 게 보여요

만져보아요, 자정의 어둠 속에서 일어서는 마른 몸의
세포들

석양

적석사 낙조대 아래 종소리가 산 그림자를 내린다
새빨간 노을이 몸 안으로 들어와
지금은 하루 중에서 가장 부드러운 숨을 쉴 때
바람은 나무들의 맑은 피가 흐르는 곳을 스친다
태고를 품은 하늘로부터 숨을 받아
그 어떤 자연의 편린으로서 나는 왔을까
존재를 물어본다, 바람의 처소를 묻는다
바람이 쥘 수 있는 것은 바람뿐
내가 가장 잘 아는 것은 내가 있다는 사실 뿐
저물어, 눈부시게 아름다운 소멸이
순간순간 삶의 뿌리를 움직이며 완전한 침묵을 이룬다
먼 곳이 먼 곳을 끌어당겨 눈빛으로 매만지는 노을
꽃 피어올랐던 햇덩어리 바닷길로 보내고
광활한 정적 위에 사랑이란 말 두 귀에 남는다
사랑이 전부였던 단 하나의 물방울,
한 사람이 바다로 흘러 우주에 가득하다

말

돌이켜보니
말은 얼마나 많은 상처가 되어서
타인의 풀잎을 스치고 내게로 돌아오는가
죽은 말이 살아서 돌아오는
말의 침묵 속에서는
애초에 말이 되었던 것조차
사라지고 만다
내 말의 틈새로 누수된
우울을 보다가
부드러운 말에 녹아버리는
생애의 외로움을 들여다본다
오늘 나는 새로이
심해에 누운 사랑의 말을 일으키고
말의 무게는 나를
가볍게 무너뜨린다

새

우듬지에 앉아서 노래하는 작은 새
들키지 않고 노래만 들려준다
이쪽저쪽으로 얼굴 돌리며 새를 엿볼 때
새는 이미 다른 나무 우듬지로 날아가 버렸다

그 뒤로 늘 햇빛에 가슴 찔리고
매양 흘려듣는 유행가에도 감동한다
어떤 날은 그만 전율하는 빗방울이 되어서
창틀에 부서지다가 우두커니
노랫말 쓴 사람 그리워한다

나에게도 까마득한 우듬지
가장 여리고 애달픈 나뭇가지가 있어
당신이 와서 앉으면 온 가지가 휘어지리라고
저녁 빛에 파랗게 젖는 잎사귀들 떤다
나무 숨 스쳐 이파리들 속 걸어오시라고
미친바람 소리에 귀 열고
온종일 하늘 끝에 서 있다

가시나무

누굴까, 성근 뼛조각들 마디마다
사랑 대신
가시를 주신 이

붉은 장미보다 매혹적으로
저 뜨거워진 가시눈빛들

상처 난 햇빛을 쓰다듬고 있다

웃음 지느러미

천년을 살고 만년을 살아도
지느러미는 지느러미지
화석에 박혀도 지느러미지

내 몸 어딘가에 웃음 지느러미가 있어
보일 듯 보이지 않게 사부작거리며
오늘 내일을 미끄러지지

생은 쉼 없이 출렁여도
부챗살 박힌 웃음 접었다 펴면
잃어버렸던 하루도 되찾을 수 있지

파란만장 물결
소소하게 헤쳐 가는 웃음 지느러미
나날이 새로워질 끝없는 유영遊泳

고요한 방

빗물이 몸 안으로 스며들어 메마른 기억의 내부를 흘러
다니던 밤이었다 환승역에서 지하철을 갈아타고 엉뚱한
곳에서 되돌아가 겨우 막차를 타고 귀갓길 노선표를 바
라보던 밤이었다 내릴 역을 지나치고 이런저런 생각의 로
터리만을 휘돌다가 지쳐서 털썩 주저앉아 취생몽사할 것
같은 밤이었다 지나친 사념思念의 로터리에서 길을 잃어
평생을 탕진할 것만 같은 밤이었다 술 한 잔 먹지 않고
도 어질어질 하던 밤이었다

자연스레 이끌리듯 도착한 집의 문지방, 아늑한 심장의
방, 방이 품 안에 나를 눕혔다 드디어 나를 조용히 바라
봤다 한 발짝 거리를 두고 오래 바라봤다 내 숨도 넉넉
해져 방을 기대고 잠들었다 방은 잠든 내 숨소리를 쓰다
듬었다 방의 이마가 고요했다

생가 生家

뒤늦게 생가를 찾은
한겨울 늪의 갈대처럼 마른 노인은
세차게 파도치는 풍랑, 삶의 항해를 무사히 마치고
해안에서 무심히 파도 소리를 듣는 사람
빈 등에 가득 짊어진 것은 높이 쌓인 추억
마른 풀들이 뒤얽힌 폐가로 들어선다
무너진 부엌의 구석에 머리를 디밀고
생애의 찻잔이 시간의 모래바람 사이로
흩어지는 것을 보다가 눈을 감는다
반쯤 허물어진 벽에 거꾸로 매달린 시계는
아득한 무음으로 초침을 울린다
허우룩한 그의 등 뒤에서
뒤덮인 건초들 사이를 노련하게 움직이며
검은 침묵을 깨물어 먹는 거미들
어둠 속에서 희치희치하게 빛나는
추억은 간섭할 수 없다고
거미줄로 노인의 얼굴을 거칠게 후려친다
집 한 채를 발 아래로 꽁꽁 묶어
어디론가 떠날 기세다

쫓기듯 폐가를 나선 노인의 얼굴을
찬란하고 단단한 햇살이 감싸준다

토란잎 피는 날

베란다 화분에서 토란 줄기 죽죽 커지는 날
줄기 끝에 도르르 말린 새잎,
지그시 펼쳐지기를 기다리는
그런 나날들은 왜 이리 길까

커튼 사이로 더디게 다가오는 동살
빛 물결에 떠밀려 어둠이 물러서는 새벽

토란은, 토란은

아직 말이 트이지 않은 아기가
제 속에서 올라오는 말을 기다리는 긴 시간을
어떻게 알았을까

아직은 아니야
새벽어둠 속에서 불을 켜지 말아줘
가만히 내게 속삭인다

옹그린 아기의 등줄기를 닮은 새잎
제 속의 신호를 기다리는 오랜 나날들 지나

살포시 열리는 잎의 떨림, 그
순간에는 시간이 없다, 환희만 있다

중절모를 쓴 눈사람

검버섯 뒤집어쓴 그는
중절모를 쓰고 지팡이를 툭, 툭 두드리며
내과의원을 방문하였는데
의사는 가슴에 청진기를 대더니 지나치게 친절하다
진찰대에 누워서 즐거이 퍼붓는 수다도 응해주고
양말도 신겨주고 지팡이도 챙겨주고 이층에서 따라
내려와
문밖에서 손을 흔든다
두 사람은 입 속에 말을 가두고 말하는 중인지
웃으면서 애틋한 눈빛만 서로 주고받으며
헤어지며 아쉬워하며 손을 흔든다, 오늘 처음 만났건만

눈은 송이송이 내리면서 점점 커지고
검버섯의 남자는 밭은기침을 하며
지난날의 병원 입원 거부도 그 무엇도
후회하지 않는 어깨를 한 없이 옹송그린다
눈물이나 슬픔 따윈 없는 걸음으로
눈을 맞으며 뚜벅뚜벅 걸어가는
뒷모습이 작고 둥근 사람
눈송이는 어느새 주먹처럼 커지고
구순九旬의 검버섯 남자는 차차 눈사람이 되어갔다

서둘러 걸어가는 거리의 사람들 틈에서
온통 하얗게 덮인 세상에서
눈사람이 된 그는 보이지 않았다

마음 한 접시

마음은 갓 뽑아 올린 무가 아니라도 잘 헹궈야 한다
잔털은 깎아내고 뽀얀 속이 보이도록 씻어야 한다 도마
위에서 다른 재료들도 번뇌의 속살을 보일 때 침착하게
요리를 시작한다 일상에 생기를 주는 참신한 농담과 일
탈도 섞어 그릇에 넣고 지진다, 볶는다, 끓인다 되도록
기름 듬뿍 친 요리는 피한다 아차, 너에게 사랑이 지나쳐
미움을 뿌리고 말았구나 찡그린 이마를 펴고 물러서서
눈물 흘리며 담백한 요리법을 연구한다 때로는 쓴맛이
돌게 쑥물을 짜 넣고 진저리 쳐지는 고독으로 살짝 간을
한다 감미롭고 먹음직한 요리는 늘 서툴다 적당하게 입
맛 도는 요리 소담스럽게 담아놓은 마음 한 접시, 바람과
햇빛이 혀를 내밀어 존재를 핥으며 넘실거린다

화사한 구석

당신을 만나기로 한 날
구석의 먼지를 닦는다
당신과 구석은 아무 상관이 없는데도
당신은 나의 집에 들러볼 일이 없는데도
구석이란 구석 모두
닦고 또 닦는다

구석은 이제 빛나고 싶은가보다
화사한 구석이 되어
당신의 볼에 반사되고 싶은가보다
삶에서 버려진 깊숙한 골짜기까지
손이 닿아 환해진다

당신을 만나기로 한 날
지난 눈물자국도 말끔히 닦아내고
마침내 구석이란 구석이 다 웃는다

웃는 그림자들

생기로운 그녀는 젊고
생애로부터 많은 시간이 지났다
나는 해마다 납골당 산책에서 그녀를 만난다
생면부지 그녀의 사진 얼굴이
내 얼굴과 겹쳐져서 유리 한 면이 무한하다
어디가 어딘지 분명치 않지만
서로들 웃고 있다
생에 대해서
많은 말은 필요 없다고
단지 이렇게 단순한 표정 하나면 충분하다고
유리에 어른거리는 그림자 얼굴들
나는 조금씩 천천히 늙어가고 그녀는 젊음을
유실하지 않는다 나는 조금씩 다른 상처를
안고 그녀라는 이웃을 본다
우리는 유리 그림자에 일렁이는 스크린 인생
오늘 하루는 꽃처럼 피었다 사라진다
육체가 도달한 시간 위에
무심하게 번지는 미소를
서로에게 비춘다

꽃눈

목련나무가 눈을 떴다
꽃눈으로 온 세상이
하나씩의 눈동자 속에 있다
오래 들여다보면 사랑할 수 있다
목련나무와 사랑을 나누는 동안
눈동자가 조금씩 일렁인다
보는 것만으로도 하루가 뜨거워
우리가 만나는 영혼의 회랑回廊에는
눈동자에 푸른 강물이 흘러
나의 꿈마저 훤히 알고 마는 목련나무,
겹겹이 옷을 벗으며
내게로 흘러들어오는 꽃들을 반긴다
동공의 열쇠를 맞추고
또 한 세상의 문을 열고
몸 밖으로 빠져나와 안겨오는 꽃들
가만히 만져본다, 촉촉하고 서늘한 피부
미안해, 보는 것은 다 보여지지 않아
눈을 감아야만 해, 가만히 속삭이며
처음도 끝도 없는 우리

제4부

몽당빗자루

마당을 쓸면서 쓸리는 가운데
내 몸이 완성된다

작고 하잘것없어진 것들이
몸 끝에 걸려 넘어진다

폐허를 위하여
돌아가는 것들의 등을 밀어준다

바닥에서 바닥의 내부까지 들리는
생의 리듬에 발을 맞춘다

쉼 없는 몸짓으로 날아오를수록
몸의 각진 부분들이 떨어지고
가까스로 둥글어진다

떨어진 꽃잎들을 모아놓고
인간의 발자국들을 덮는 꽃잎들을 본다

한껏 작아진 몸으로 쓸고 쓸리며
낙엽들을 따라
황홀한 색깔에 물든다

내 발자국도 애써 지워낸다

바삭해진 몸으로
빛나는 세상을 쓸면서 눕는다

청결한 공간은 태어난다

모기와 씨앗

팔에 붙어 따가운 모기 탁, 때려잡고
다시 보니 민들레 갓털이다
아뿔싸, 이마를 친다

전도망상顚倒妄想,
돌이키고 또 돌이킨다

오늘도 구름처럼 번지는 착각
갑작스러운 착각, 오래된 착각
신선한 착각, 굳세게 믿는 착각, 등등…

착각이 시시때때
나를 불러 간사하고 요염하게
또는, 쓴웃음을 지으며 내려다본다

후회하고 돌아와서 또 착각한 일들을…

서리

어머니는 서리 맞은 배추를 지푸라기로 동이셨는데

단단한 알배기 배추처럼 나도

흰머리 긴 볕에 깐깐하게 마르고

소금에 절여진 긴 세월 오욕칠정五慾七情 양념에 푹 젖어

맛깔스럽게 최고의 맛을 내던 어머니의 김치처럼 완성
되길,

찬 서리에 남아 있는 초록을 힘껏 당겨보는

내 한 포기의 삶

바위에 스며들다

낭떠러지 바위에
소나무 한 그루 생생하다

허공으로 길을 뻗은 차디찬 벽

자칫, 무너지기 쉬운 맹목의 자리에서
어린 소나무 자라오를 때

바위는 세상에서 가장 부드러웠다

빗방울 떨어지는 곳이라면
사랑도 씨앗도 안착할 수 있다고

추락하는 복판에서 날개를 펴왔던
휘어 굽은 소나무 잔뼈들

고난의 정취가 무르익어
구름 한 조각 베어 물었다

주머니 속에 사람들

어둠이 내리면
주머니 속에 손을 넣고
천변 산책로를 걷다가 돌아와
주머니 속을 뒤진다
기억의 층위에 서 있는 사람들을 하나씩 꺼내본다
더러는 소홀함으로 멀어진 인연조차
실끈을 매달아 당기고 싶어진다
고통과 행복을 동시에 주고받았던
몇 사람을 꺼내보기도 한다
가는 길이 달라서 서로 외면했던 사람들은
어디서 이 저녁의 주머니를 채울까
서로에게 정성을 다하여
주머니에 가득했던 구수한 다정의 시간들
어둠이 내리면 주머니 속
그리움을 점화시켜 촛불을 켠다
흐릿하게 겹쳐지는 얼굴들이
흘러가는 시간 속에서
조금씩 어디론가 가고 있다

유리무덤 산책

마한 시대의 지배층 계급에 속했던 자의 고분 모형
그 무덤 위를 걷는 아침
빛의 소요와 새들의 지저귐과
꽃향기와 칡넝쿨 덩굴손들이 넘실대는 유리무덤
유리 바닥을 밟으며 내려다본다
널 속의 옥팔찌, 화살촉, 깨진 항아리, 긴 쇠창으로
햇살은 창창하게 들어찬다

'네가 무엇을 위해 싸웠건
그건 내가 지나갔던 한 생의 일이었던 것'

나와, 없는 그의 가늘고 긴 시선이
햇살에 감겨 엉킨다
그의 옥팔찌를 두르고 그의 화살촉을 꽂아본다
그의 둥근 항아리에 포도주를 담아
넉넉한 저녁 한 상 차려놓고
서로, 훨씬 자유로운 웃음을 겨뤄보고 싶다

생의 질료들 어깨 툭, 툭 쳐서 보내고
주체할 수 없이 가벼워진 사람들끼리
검의 부식된 쇳가루와 먼지가 부유하는 이곳에서
한번 멋지게 겨뤄보고 싶다

빗속의 콘도

콘도 창밖으로 비가 내렸다 우리는 간헐적인 모임에서
만나 자정이 넘었고 한 방에서 할 말을 찾지 못했다 딱히
서로에 대해 아는 것도 별로 없었으므로 새벽이 올 때까
지 한 사람은 누워서 한 사람은 앉아서 빗소리를 들었다
우리는 말할 수 없는 것과 말하지 못하는 것과 말해본들
소용없는 말들의 공동空洞을 지나고 있었다 비는 아침까
지 내렸고 나는 일어서서 그녀를 불렀다 그녀의 얼굴에서
갑자기 비가 쏟아져 내렸다

우리는 마주 보며 쏟아지는 빗줄기를 멈출 수가 없었
다 해를 넘기며 가끔 만나 낯선 이들과 조금씩 친해지는
사이 그치지 않는 빗소리와 더불어 생은 그간에 가뭇없
이 사라진 말들을 빗소리에 묻었다 만남은 꿈결처럼 아
득하다 빗소리는 멀어지고 우리는 알게 모르게 어딘가로
끝없이 가고 있었다 서로를 알아볼 수 없을 정도로 빠
르게…

부재不在

내가 없는 사이
주방 양배추는 꽃을 피우고
비닐봉지 당근은 뿌리를 내리고
벽에 걸어놓은 양파는 파란 싹을 내밀고
냉장고 완두콩은 눈을 뜨고

내가 없는 사이
먼지들과 함께 흑백으로 변해가는 내 초상화
문틀에서 기어 나온 벌레들이
일월성신을 신나게 누리며 다니고
벽들은 균열을 넓혀 허공을 쌓아갔다

찰칵, 전등을 켜면서
소스라치게 놀라는 나
한 몸의 집 한 채였던 당신이 그립다
몸서리치게 적막을 깨우는 벌레의 발가락들
내 집으로 떠나온 여행이 즐거운가 보다

내 집의 주인은 내가 아니어서
창을 열어 탁 트인 하늘을 방으로 들여놓고
웃자란 새로운 적막을 실컷 들이마신다

여름의 마지막 날

집은 멀고
만났던 사람들 모두 헤어져 사라지고
지하철 맞은편에 앉은, 철없이 늙은 듯한 세 사람이
즐거이 수다를 풀고 있는, 그런 순간에 마주친
주꾸미 닮은 가방들이 괜히 슬프다
마음에 산 그림자가 먼저 들어차는
어김없이 해가 지는 유리창을 등지고
공복과
어둠과
잔 소음까지를 모두
몸속에 가두고 돌아와 홀로 잠드는 날은
삶은 아름다운 방랑
몸부림치며 소원하며
멀리, 너무나 멀리
별처럼 낯선 사람들을 만나러 갔었다
떠날 때 길게 포옹해준 지인知人과
여하튼 다시 못 볼 사람들…

무더운 해변의 모임은 끝나고
발가락에 묻은 모래알도 털어내고
(누가 나를 불렀나?)

설핏 잠들어 헛듣는 소리
선풍기 소리
잘 가라, 여름이여

적석사

새벽 법당 찬 바닥에 가부좌한 스님이
운판을 치시고 소리에 깊이 좌정하신다

흙 묻은 신발을 신고 내가 지금 막 걸어온 길과
걸어갈 길이
소리의 여운을 따라간다

소리의 파동은 미명처럼 떨고
고요 속에서
내 속 깊이 들리는 소리를 찾아간다

무거웠던 내 젖은 신발도
바리바리 꾸려왔던 삶의 보따리도
피로에 젖은 졸음도, 흔들어 깨우는 소리의 파동,

사방은 여명으로 싹 트기 시작하고

자비를 깨우는 소리는
해원海原을 가로질러 더 높은 곳으로 오른다

모기눈썹

어쩌면 이렇게도 나는
모기눈썹에 대해서 생각이 많았을까

어쩌면 이렇게도 나는
모기눈썹이 모기눈썹인 줄도 몰랐을까

빨랫줄 없는 빨래가 되어 진창에 뒹굴 때
어디로 가야 하는지, 나 자신을 안다는 것은 늘 모호하고

어쩌면 이렇게도 나는
모기눈썹을 여전히 찾고 싶은가 몰라

나무토막의자

옹이와 물결무늬에 앉아본다

옹이 속을 드나들던 생명에게 앉아본다

초록과 갈색 사이 나뭇잎 춤추던 바람에 앉아본다

나무토막의자에 기대 한나절

구름에 떠밀려 기우뚱거려본다

시간이 강물로 흘러가는 뱃전

흔들리는 뱃노래를 불러본다

꽃과 새와 다람쥐가 달려와 맨발을 핥는다

간지러워, 낄낄대면 멀리서

아이들이 몰려온다

수평선

가만히 있기 놀이를 한다

벗어놓은 신발처럼 가만히

식탁 위의 물컵처럼 가만히

맑은 날의 우산처럼 가만히

애증 없고 기억 없는 앞산 바위같이

그래도 바위는 바위고 나는 나

스쳐가는 것들도 잠시 머무는 것들도

그대로 가만히 내 곁에서

어깨를 나란히, 가만히

선물

당신이
꽃을 보내주었습니다

꽃에는
꽃이 없어서

그 크고 부드러운
침묵이
좋았습니다

사라진 꽃에서
당신이 우뚝 섭니다

예스세탁소 불빛

창밖의 비는 치절치절 내리는데
습관성 고개 흔들이 예스세탁소 아주머니
아무도 없을 때 살짝, 고개 한 번 흔든다

중장비 기사 노총각 정 씨의 감색 잠바 쉽게 닳아버린
소매 끝으로 반질반질한 바람 불어와
조금씩 이탈하는 솔기 바로 잡을 때도 되었는데

외로움을 맡기고 타박하러 왔던 노파 툴툴거리듯
처마 끝에 빗방울 들, 들 떨어져 내린다

얼굴 볼그레한 만삭의 새댁 민경 씨는 아이를 낳았을까
일부러 옷 찢어 수선 맡기던 홀아비 김 씨는 술을 끊
었을까

물바람에 일렁이는 알싸한 저녁 향기에
예스세탁소 아주머니 고개 한 번 흔들어
단골손님 이름으로 섞은 불빛 따뜻하게 데워놓는다

비는 욕망을 잘게 부수고

비가 내려서
먼 여행을 떠나지 않아도 좋겠다
비가 내게로 여행을 떠나왔으니
종일 빗소리와 노닐면
길게 드러눕는 안아주는
빗소리의 황홀에 도취되어도 좋으니
멀리 여행을 쏘다니려는 내 안의 수많은 발들
욕망을 잘게 부수고
마음 빈터에 범람하는 빗소리
비는 헤아릴 수 없이 먼 곳으로부터
여기로 도달했으니
비가 건너온 세상을 다 맞이할 수 있으니
지절지절지절 말도 많으니
그중 한마디의 말이라도 알아들으라고
옹알이하며 천둥 치다가
허공에 파란빛을 두고 떠나가리니

제5부

바닥 식탁

86

　땅바닥에 종이컵 놓고 술판 벌이는 구릿빛 건설 노동
자 세 사람 이야기꽃에 구로동 골목길 빛살 튕겨 오르고
내 출근 구둣발 소리 또박또박 조금은 지치는데 간지러
운 비는 오다 말다 종일 그런다는데 땅바닥이 저토록 간
편한 식탁이 될 줄이야! 산다는 것의 바닥도 한 잔 술에
불콰해져서, 조촐하게 행복했던 과거도 굳어진 손마디 부
여잡고 흥흥, 즐거운 역사가 몸속 그늘에서 깃을 치며 저
토록 날아오를 줄이야! 살림살이 뼈마디에 서로의 기름을
쟁여주고, 공치는 날 화평을 즐기라고 펼쳐진 바닥 식탁
이여!

페트병

어두워지는 공원 벤치
이력서를 손에 쥔 중년의 여인이
버려진 빈 페트병을 내려다보고 있다
생의 땟국물이 흐르는 옷소매
허름한 가방을 팔꿈치로 누르고 약간 기울어진 자세로
생각에 잠겨 망연히 앉아있다
가로등이 켜지고 놀던 아이들도 떠나고
공원은 텅 비어간다
그녀의 발끝에 가볍게 웅크린 채 누워있는 페트병은
너무 가벼워 혼자서는 일어설 수 없는 몸이다
좀 더 거센 바람이 이리저리 옮겨주기를 바랄 뿐,
그녀의 눈동자는 뻥 뚫린 페트병 입구에 닿아있다
상점 진열대에서 산뜻하게 빛나던 외모와
알차게 채웠던 속의 것을
어디에서 어떻게 다 비워냈을까, 페트병
달빛에 희끗하게 늘어진 허공이 그녀와 함께
페트병 속으로 빨려 들어가고 있다

해질녘 노란 안개

해질녘에 아버지 사라지셨네
숨 차고 다리 무거우신 늙은 아버지 사라지셨네
떠나기를 갈망했던 도시의 어둠 버리시고
고향 산수유꽃 노란 안개 속에 편지 놓고 가셨네

소주 한 병 마시고 두려워 설사도 하시고
구순九旬 가까운 삶 더는 목숨 붙일 곳 없어
고향 선산 어머니 봉분에 얼굴 묻고
한바탕 울음 삼키셨네

농투성이 피땀 흘려 기댔던 세 마지기 논배미
아들 해외출장 중에 허정허정 날려버리고 집 나간 며느리
빚쟁이들은 소란을 들쑤시는데
6·25 지나 새마을운동에 삶을 이겨내셨던
짠물내기 허수아비 아꼈던 삶이 무엇이냐고
손수 기둥 세우시고 서까래와 기와 올렸지만
늙어 손 놓고 떠난 오랜 옛집에서

차마 어린 손자가 대소변 받는 것은 용서할 수 없다고
내 삶은 내가 마무리하시겠다고
요양병원도 거절하시고

노란 산수유꽃 안개 같은 그 꽃에
편지 놓고 가셨네

꼬깃꼬깃 숨겨놓았던 지전 삼백만 원 접어 발등에 놓
으시고
끝끝내 뒷생각에 걱정을 접지 못하시고
곁을 주던 친척 마을 사람들에게 편지 쓰셨네
"이 돈으로 밥덜 먹게, 땅얼음 녹기를 기다렸으니
생계 놓고 이왕 나온 김에 산꽃덜 보세,
더 뭐가 있어 재미런가"

예감 쫓아 뒤를 밟은 자식들 이미 늦었네
해질녘에 아버지 시간 밖으로 떠나셨네, 노란 산수유꽃
안개로
빈 외양간 곁에 벗어놓은 신발에 진흙이 붙어
애면글면 흙벌레로 사셨던 아버지에게 그 진흙이 붙었네
벗어놓은 중절모에 붙은 흰 머리카락들 바람에 흩날려
이승에 뿌려지고
탑골공원 헤매던 지팡이는, 가장 많이 기댔던 지팡이는
대답이 필요 없는 물음표처럼 아버지 곁에 누워있었네

말굴리기방

말굴리기방에서 사람들을 만난다

한 사람은 왼쪽으로 굴리고 한 사람은 오른쪽으로
굴린다

한 사람은 말을 주고 한 사람은 말을 뺏는다

대부분의 말들은 그대로 듣지는 못한다

사사로운 말의 상처는 눈치채기 어렵다

한 사람은 말을 하면서 말을 못 했다고 한다

한 사람은 계속 말을 하고 들은 사람은 아무도 없다

그는 계속 말을 하고 자기의 말이 언제 끝날지 모른다

자기의 말에 행복해하며 모두들 박수를 쳤을 거라고
믿는다

한 사람은 좁은 곳에서 말하고 한 사람은 넓은 곳에서
말한다

알아듣기 어려울 땐 각자 편리한 대로 생각한다

왠지 말은 점점 빨라지지만 때로 저 사람은 틀렸다고
생각한다

자정이 넘도록 말 굴리기를 하고 또 한다

문 닫을 시간이에요, 말굴리기방에서 종업원이 말한다

사람들은 자리를 훌훌 털고 말소리들도 하냥 털어버리
고 돌아간다

나에게 오래전 어떤 말은 계속 따라다니는데

방금 폭포처럼 들었던 말은 흔적도 없다
말을 하면서 누군가의 입술을 보고 눈을 보았는데
가장 쉽게 떠오르는, 그것은 왜 기필코 내 얼굴일까

초록 불꽃

칠박팔일 여행지에서 돌아와
삐걱, 대문을 여는 순간
노랗고 긴 손끝으로 나를 휘어잡는 당근 싹
어둠을 잡아먹고 몽클몽클
홀쭉해진 배를 내민다
검은 비닐봉지 안에서
사랑을 시작할 용기로
젖이 흐르는 허공을 향해
어두워질수록 뜨거워지는 안광을 열고
꿈틀거리는 내부를 고요하게 열어놓았다
하루가 그 안으로 흘러들어 무성하다

텅 빈 집을 하늘 삼아
꽃과 나비를 꿈꾸었을 당근
캄캄한 몸속 길에서 싹을 밀어 올릴 때까지
나보다 먼 길을 돌아왔을 것이다
썩어버린 것들을 삶의 양분으로
제 잎이 저를 끌어들이는 독한 황홀
싹들의 입술에서 초록 불꽃이 튄다

너를 향해 사랑과 믿음을 여는, 첫
마음의 방식도 그랬을 것이다

두더지

두더지, 두더지
깜깜한 굴을 파고
생의 무지無知를 파헤치며
우리는 오늘도 한 번도 가지 않은 길을 가지
뱀의 눈을 피해, 또는
외로움을 피해
가다 보면 우연과 인연과 애연은 이루어지지

사랑에 대해서는 너무 어려워
가슴으로 간신히 눈을 뜨고, 더러는
뜨지 못한 두 눈
어렴풋한 빛 더듬어 가는 길

두더지, 두더지, 어디로 가나
땅 파고 더듬으며
터널에 터널을 잇느라 앞발이 닳고
덩굴손 같은 손 뻗어
마침내 세상에서 가장 따뜻한 사람 만나리

두더지, 두더지
가는 길
알게 모르게 동굴을 만들어가며
뱀을 보면 재빨리 돌아서고
사랑하기에 족한 너를 만나고 싶어라
빈 가슴 가득

의연하게 초연하게 또는 무척 밝은 심연으로

뼈

가자미 생선구이를 먹고
남아 있는 뼈들을 보네

매끄러운 춤으로 유혹하는 바다풀 사이를
종횡무진 다녔을 가자미
두려움이 땅으로 혈관을 타고 뻗어갈 때
등과 배가 선명하게 달라졌네

높은 곳만이 팔의 근육을
팽팽하게 잡아당기는 것은 아니었네

낮게 숨죽인 힘의 가시들
바닥에 웅크린 하얀 배는 들키지 않았으리

겹겹이 접은 춤의 부채가
뼈 속에서 꿈틀거리네

창밖엔 폭설처럼 떨어지는 벚꽃들
우두둑,
뼈 한 가닥 바로 세우고 일어서는 나무들

뼈는 뼈 아닌 것들을 살려내고
마침내 뼈만 남았네

북

누가 당신을 위해 울까요
혼자서 울지도 못하는 북

산다는 것에 아름답게 미쳐간
한 사람이 올 거라고
와서 저를 놓아버리고
벗어버리고
빈 가죽이 되어서
소리를 들어올릴 거라고

누각의 추녀 밑에서
달빛 리듬에 공명하는 북

자타일체自他一切의 심연에서
고요히 떠오르리라고

팽팽하게 기다리는 북

시계의 눈동자

철원의 산 능선에서 출토된 낡은 시계에
1950년대의 젊은 병사
이름이 없다
능선에 누가 있어
낡은 가죽끈이 둘렸던 손목을 기억할 것인가,
포화 속에서 숨을 거둔 국군의 젊은 맥박이
갈참나무 잎맥에서 톡톡 튀고 있다
눈감은 초침이 산 능선에 걸려있고
새들만이 자유롭게 햇살을 쫀다
눈보라가 몰아치는 날
산 벚꽃 흐드러지게 피어 떨어지는 날
이 산의 능선에서 저 산의 능선으로 이어지는 초침 소리
남과 북의 산맥을 돌아 부모 형제를 부른다
전선에 떨어졌던 꽃들의 상처를 지우며
휘몰아쳐 올 부모형제들의 만남
낡은 시계는 예감하고 있다
고지의 푸른 이끼 속에서
잠들어 눈뜬 시계의 눈동자가 능선 위에 걸려있다
통일의 타임워치를 누르고 싶어
하늘빛 모아 받들었다

유리빌딩에 불붙는 노을

담장에 목련꽃들은 땅속까지 흔들며 공중 부양하고
나는 업무용 빌딩 마당 앞에 붙박이로 선 주차정산기

사람들은 신기루처럼 지나가고
어떤 이는 잠깐, 블랙홀 같은 눈동자를 던져주고 떠난다
하루 오백 명, 차량번호에 인사를 하며
기계의 온기로도 따뜻해질 것 같은 하루
익명으로 멀어지는 그림자들 바라보면 어느새
유리빌딩에 불붙는 찬란한 노을
차량들은 이제 서서히 빛이 되어 한 방향으로 흐른다

사람을 만났다가 헤어지는 얇은 종잇장 같은 삼 초,
누군가는 하루의 열정이 환하게 빛나고
차량이 밀리면 두 눈 부릅뜨고 초조한 바퀴들
습관처럼 노래를 흥얼거리거나, 공연히 팔을 창밖으로
걸치거나
무엇엔가 여유 없어 쩔쩔매는 얼굴들
각자 나누어 가지는 시간 조각 케이크처럼
내 앞에서 눈빛들이 머무르는 삼 초,
노역勞役에 때 절은 옷소매를 걷고

주차료를 내던 방문 차량이 내게 농담을 한다

　—돈이 뜨거워요!

폭소가 터지는지 목련 꽃잎들이 한바탕 후드득 떨어진다

웃는 꽃들의 이빨이 하얗게 반짝이는 어둠 속,

엊그제 누군가 낙화落花한 흔적을 밟고 차량들은 지나간다

무수한 빛의 흐름을 따라 긴 꼬리의 여운을 남기며 흐른다

나무에 올라가 잠들다

고향을 꺼내보면
거기 은행나무 한 그루

마을 둘레를 다 내려다보던 은행나무,
태양은 늘 그 나뭇가지 사이로 뜨고 졌다
새들도 장수하늘소도
물구나무 놀이 친구들도,
산딸기를 따던 팔촌, 육촌 형제들도
뜰 마당 어귀에서 품을 넓혔던 은행나무,
두 갈래 기둥이 아담하게 뻗은
나뭇가지에 앉아 놀다 잠들었다가
벌거벗은 나무의 숨소리 들었던 친구들이 보인다
동네 어른들 품앗이 모내기 흥성대던 날
마당 솥에 불을 지펴, 새참 짓던 어머니와
일하시던 틈틈이 흥겨운 추임새를 외치던 아버지와
고샅길 걸어 마실 오시던 당숙모님 웃음소리 아슴푸
레하다

가난과 행복이 소복이 담겼던 마을의 꿈과
앞산도 뒷산도, 대문 활짝 열어놓아 허물없던 집들도
은행나무 나이테 안에 옛 풍경의 파문으로 일렁인다

다시 고향을 꺼내보면
부모님도,
세월 앞에 잊힌 사람들도 흔적 없고
오로지 한 그루 은행나무가 손을 내밀며
내 팔을 타고 올라가 안겨 잠들라 한다

입술

입술은 참 많은 걸 알고 있지
물고기가 바다를 아는 것과 같이

그러니 우리가 입술로 마주하는 것은
피할 수 없는 운명 같은 것

풍성한 식사와 이야기들은 우리들을 안심시키지

환하게 웃는 입술로도
너의 입술이 숨기지 못하는 것은
시절을 살며 묻어둔 사랑과 상처들…

입술은 애써 안개를 피워 물어
너는 흐릿한 빛처럼 가려져 있고

사람이라는 행성
표면에 보이는 억만 개의 각도
그중 한 개의 잎으로 조용히 나부끼고

나는 더없이 간결한 자세로 너를 비추고

뭐든 그럴 수도 있다고
먼 데서 침묵이 흘러들어오는 밤

입술이 아는 것들로
너를 위로할 수 있다면…

쓸쓸한 별들과 함께

두 살

고단할 때, 잠깐 하늘을 보는 것처럼
하늘의 신선함에 가슴을 씻을 때처럼

세상살이에서 사랑이 부족함을 느낄 때
두 살을 기억하리,

작은 육체를 지니고, 부족했지만 부족하지 않았던
그 자체의 평온을

온 세계의 완전함 속에 깃들어 있었으므로
조건 없는 사랑이 주어진
두 살은 전생처럼 기억할 수 없을지라도

우선 떠오르는 어머니
아기의 동그란 얼굴, 목소리, 살결, 눈빛을 어루만져
주시던
사랑에 물들어 환하게 웃으시던 어머니를 기억하리

이제 막 세상의 음식 맛을 알게 된
입 속의 새 이빨들
무엇이든 신비해서 손가락으로 콕콕 찍어보던

아직 기저귀를 찬 두툼한 엉덩이
뒤뚱뒤뚱 자주 넘어지던 아기

두 살 적 어머니, 두 살 적 아버지를 생각하리

감사와 깊은 충만의 두 살을

눈꺼풀 속의 고향

그는 나날이
눈꺼풀 속의 고향이 무거워 눈을 뜰 수도
감을 수도 없었다
북녘의 고향, 그 흙이 먼지처럼 눈앞을 가려
자주 눈물이 나왔다
육이오 재앙이 터질 무렵
사지死地에서 목숨 겨우 건지려고
부모 형제 두고 혈혈단신 남쪽으로
황급히 내려오다 발목을 삐었다
이십칠 세에 내려와 팔십이 되도록
금세 고향으로 돌아갈 것 같았지만
독일처럼 통일은 이루어지지 않았다
포기할 수 없는 고향, 통일의 염원으로
눈꺼풀은 점점 더 무거워졌다
늙어 죽음은 담담히 맞이할 수 있지만
눈꺼풀 속의 고향은 녹아 사라지지 않는다고 종종 하
소연했다
그는 남쪽에서 인연 맺은 가족들에게
통일이 되면 당당히 평안도 땅을 찾아가
뼛가루라도 고향 땅에 뿌려주기를
부탁하고 저세상으로 떠났다

통일이 되기 전엔 결코 눈꺼풀을 닫을 수 없다고
저세상에서도 그럴 거라며 울며 떠났다

비상飛上

이슬 젖은 아침
허물 등껍질 벗고 나온 매미
축축한 기운에 여린 날개 떨고
아직은 땅에 이끌려 끈끈해져 있을 때
동살에 온몸 맡기고
날개가 마르기를 기다린다

파르르 떨며
침을 꿀걱 삼키며
눈을 감고
내맡겨진 몰입
캄캄하고 벅찬 기운
태양은 침착하게 움직이고
다리가 후들거린다

어디로 갈까
한 번도 디뎌보지 않은 곳

날개를 터는 순간,
발이 땅에 닿지 않는다

힘껏 날아올라
무대에서 첫 연주를 울린다

흰두루미와 나

천변 풀숲 너머 눈 마주친 흰두루미

목 길게 빼고 뺨 갸웃 돌리며 홀쩍 날아갈까, 말까, 궁리한다 호기심과 불안으로 얼굴 획, 한 걸음 디뎌가며 획, 사방을 훑으며 획, 예민한 눈초리 획, 돌린다 나도 계면쩍어 눈치 살피다가 거리를 재며 살금살금 걷는다 서로 힐끗힐끗 애끓다가 무심히 지나친다

세월도 그렇다, 숱한 인연도 그렇다, 무심히 스쳐가야 할 인생길도 그렇다 멀리, 서로 멀리 안심하고 멀어지는 길에 풀꽃 향기 그윽하다

시인의 말

산길에서 보았다. 앞쪽으로 길게 구부러진 줄기가 다시 반대쪽으로 몸을 기울여 나름대로 한참이나 뻗어나간 소나무를. 그러기를 여러 번 반복한 소나무의 잔가지들을. 그런대로 쓰러지지 않을 만큼의 기이한 모습으로 전체적으로 기둥의 균형을 잘 맞추고 서 있었다. 올려다보니 마치 꿈틀대는 생물인가 싶었다. 비늘처럼 보이는 표피는 생장하느라 용트림할 때마다 한 장씩 떨어질 것만 같았다.

소나무가 허공에 길을 낼 때는 우선 자기의 뿌리부터 알아야 했을 것이다. 뿌리의 위치와 너무 먼 방향으로 나갔다가도 다시 돌아와 균형을 맞추면서 다시 위로 올라가는 형상을 취했으므로. 자신의 길을 찾는다는 것은 저토록 몸통이 뒤틀리면서도 바로잡아야 하는 고달픈 과정이리라. 그 길에서 송화 꽃가루 분분하게 날리는 계절을 살며 태풍과 한파의 계절도 맞닥뜨렸으리라.

젊은 날, 나는 고통과 좌절을 겪을 때마다 우선 자신부터 살펴보며 갈 길을 정해야 했음에도 쉽지 않았으며 그것은 길고 지난한 과정이었다. 수많은 시행착오를 겪어온 세월과 회한, 좀 더 빨리 길을 알았어도 가지 못했던 길들이 보였고 성정이 원하던 시詩를 찾아서 뒤늦게 몸담아 안정감이 찾아왔다. 소나무도 저렇게 허공의 길을 뚫고 혼란스런 와중에 찾은 자기의 중심을 아는데, 사람인들 그것을 모르랴.

어느덧, 머리는 희어지고 저 소나무의 우듬지처럼 자연의 흐름에 순응하며 하늘을 바라본다. 나무들도 생장의 길이 달라서 어떤 나무들은 일생을 곧게 뻗어 큰 나무가 된다. 그와 같은 사람은 세상에서 크고 중요한 일을 할 것이다. 그 큰 그늘 아래에서 삶을 안착하는 사람들도 숱하게 있으리라.

오늘, 나는 왠지 산길의 크고 넓은 길을 두고 소로길로 들어서서 저 구부러진 소나무의 정취에 젖는다. 자연의 품에 들어 저절로 들리는 음향, 음악이 없어도 음악 같고 그림이 없어도 그림의 정서를 풍기는 소나무 아래에서 등산에 빨라진 호흡을 가다듬는다. 언틀먼틀한 땅을 딛고 한평생 기우뚱거리면서도 오달지게 자신을 세우며 살아가는 이웃들도 저 모습이 아니랴. 변화무쌍하게 불어오는 경제 한파 속에서도 무너지지 않고 알뜰하고 지독하게 살아온, 웃음 많고 인정 많은 친구들과 내 모습 같아서 그 곁에 오래 머물고 싶다.

구부러진 소나무는 어떻게 소나무로서 저렇게 멋진 자태인가, 다시 올려다본다. 어쩌면 태풍과 한파가 소나무를 더욱 소나무답게 하지 않았을까 싶다. 제 몸으로 껴안았던 시련들이 다 한 잎의 나뭇잎이 되지 않았던가. 푸르고 싱싱한 기운을 내뿜으며 성장을 멈추지 않는 소나무의 향기가 살갗으로 그윽하게 스며든다.

언젠가 티브이로 피아노 연주를 감상할 때였다. 연주가 시작되기 전에 젊고 유명한 여성 연주자는 피아노 앞에 앉아서 하얀 손수건으로 차분하게 건반을 닦았다. 화면 속의 관객들도 나도 차분히 그녀의 행동에 시선을 고정시켰다. 그녀의 연주는 물론 훌륭했지만 건반을 닦을 때의 모습이 오래 잊히지 않는다.

오늘, 설거지를 하면서 그녀를 떠올렸다. 설거지를 하는 매일의 감정은 고르지 않다. 어떤 날은 매양 미뤄두거나 또는 대충 해버릴 심사로 시종일관 설거지를 마친다. 어떤 날은 춤추듯이 몸을 흔들며 반짝거리도록 신나게 닦는다. 때론 설거지하면서 명상에 잠기고, 시의 영감이 퍼뜩, 떠오를 때도 있으며, 정화된 상념이 스르르 찾아와 풀리지 않았던 문제가 저절로 해답을 찾아가기도 한다. 드디어 깨끗하고 반듯하게 정리된 그릇들을 보면 새삼스레 신의 은총인 양 비추는 아침햇살에 감사의 마음이 일어나기도 한다. 아침 설거지는 하루의 첫 음을 쳐야 하는 일상의 연주자와 같아서 그녀를 떠올렸나 보다.

연주자로 살아가는 그녀와 피아노는 매일 한 몸 같았을 것이다. 그래도 연주는 매일 다르고 심상心想도 잔물결 같아서 흔들리지 않게 다잡아야 하며 깊게 자리한 자신의 예술성을 만족스럽게 표현하기란 쉽지 않았을 것이다. 음의 첫 소절을 치기 전에, 차분하게 건반을 닦으며 잠시나마 가슴을 압박하는 긴장된 순간에서 벗어났을 것이라 짐작한다. 그 때문인지, 그녀의 손가락이 빚어내는 연주는 신탁神託을 얻은 듯이 훌륭했다.

쓰던 시가 박주가리 씨앗처럼 날개 털고 산만하게 흩어질 때, 나는 스스로에게 말한다. '설거지나 하자.' 한참 동안을 그릇과 세재의 거품과 손가락의 마찰이 지나가고 나면 이상하게 마음이 안정되고 차분해진다. 끄트머리 잡히다 사라지는 시의 펄럭이는 그림자에 휘둘려 근심했던 일도, 쓰면서 잠시 기뻐했던 일도 그저 하얀 접시들 위에 반짝이는 햇살 같다. 흰 수건으로 건반을 닦던 연주자가 드디어 첫 음을 깊게 눌렀던 순간처럼 투명한 햇살 위에서 시의 잡초가 다시 솟는 것을 느낀다.

찻집에서 지인들 여럿이 만났다. 각자 살아가는 동안 마음의 창고에 저장해둔 복福을 나누어 주는 듯한 만남의 자리였다. 정담으로 오후의 태양은 기울고 시간은 쏜살 앞지르듯 지나갔다. 세월을 건너뛰며 만난 자리였지만 곧 일어나야 했다. 모두들 갓 구운 빵처럼 부드러운 집으로 달려가듯 돌아가며 내게 행복한 여운을 남겼다.

사람은 기댈 곳이 있어서 기쁨에 찬 표정도 짓는다. 안락한 삶의 배경이 되어주는 많은 것들을 말하지는 않지만 대화 속에 녹아있다. 대화 속에는 늘 그런 배후에서 넘쳐흐르는 평안이 있었다. 해서, 어쩌다 펼쳐지는 자랑도 공감도 서로에게 허물없었다.

나는 나에게 무엇을 자랑할 것인지 물었다. 몸담았던 직장도 이젠 기댈 난간이 아니다. 내 속에서 물음이 솟구칠 때 당황하고 망설인다. 마음의 책갈피를 뒤지듯 오랜

후에 대답의 실마리를 찾는다. 걷잡을 수 없는 시대의 변화에 살아남으려고 애쓰는 많은 사람들 앞에서 시를 기대고 살아간다고 과연 말할 수 있을까. 더구나 시는 밥도 주식도 금도 아니다. 내 품에 간직한 자유의 일부다.

나는 내 영혼을 자랑할 것이다. 수많은 우여곡절 끝에, 죽을 고비를 몇 번이나 넘기고 크고 작은 실패와 더불어 찾아온 우울의 늪에서도 매번 벗어났으며 균형 잡힌 직립보행을 할 수 있는 이만큼, 건강하게 살아왔다는 것만을 자랑할 것이다. 내 영혼이 뿜어내는 에너지, 내 영혼이 사랑하는 그 모든 것들은 내가 자랑할 무수한 것들이다. 거기에 내 시詩가 있다.

첫 시집 이후에 23년이 훌쩍 지났습니다. 길손의 여장을 풀고 편안히 글을 모으게 되어 기쁩니다.

산천초목에 둘러싸인 초가집에서 태어나 자연이 베풀어주는 황홀감에서 시를 몸으로 느끼게 해주신 부모님께 감사드립니다.

깊고도 높았던 시의 순간을 살게 해주신 유한근 교수님, 성촌星村에 계신 정공채 스승님께 감사드립니다.

어떻게 알았는지 말하기 전에 새 컴퓨터를 사준 아들에게 감사한 마음을 적습니다. 첫 시집을 축하해주고 아직까지 곁을 지켜주는 친구들의 고마움을 잊지 않습니다. 시집을 낼 수 있게 살뜰하게 힘과 용기를 주신 권순자 시인님께 감사드립니다. 오랜 세월 함께한 '시와여백' 문우님들께 감사드립니다.

　그간에 지하철 스크린도어에 게시되었던 저의 시 〈별〉을 영문 번역해서 낭송까지 즐겨 들으셨던 분들과 가슴에 간직해 주신 분들께도 감사드립니다. 별을 보며 먼 이국異國의 고향을 떠올리는 분들처럼 저의 고향도 멀어진 세월 따라 별무리 속에서 아득합니다.

　수고하신 청어출판사의 관계자 여러분들께도 감사드립니다.

　'경기도 예술인 기회소득'으로 힘을 얻었습니다. 감사합니다.

　생계로 인해 피로해졌을 때에도 다른 한쪽이 내게 가장 자유롭고 사소한 기쁨인 시가 즐거움을 주었으니 시에게도 무한한 감사를 드립니다.

2026년 봄
가현산 아래서
박영신

초록 불꽃

박영신 지음

발행처	도서출판 청어
발행인	이영철
영업	이동호
홍보	천성래
기획	육재섭
편집	이설빈
디자인	이수빈 | 구유림
인쇄	정우인쇄

등록   1999년 5월 3일
(제321-3210000251001999000063호)

1판 1쇄 발행 2026년 4월 10일

주소   서울특별시 서초구 남부순환로 364길 8-15 동일빌딩 2층
대표전화 02-586-0477
팩시밀리 0303-0942-0478
홈페이지 www.chungeobook.com
E-mail   ppi20@hanmail.net

ISBN   979-11-6855-444-3(03810)

본 시집의 구성 및 맞춤법, 띄어쓰기는 작가의 의도에 따랐습니다.